PRINCIPES ABRÉGÉS

DE LA

GRAMMAIRE LATINE,

A l'ufage de ceux qui commencent
à compofer en Latin.

A GENEVE,

Chez BONNANT, Imprimeur-Libraire,
au bas de la vallée du Collège.

____

1803.

AVERTISSEMENT.

ON ne sauroit trop faciliter l'étude d'une Langue, aussi difficile à enseigner & à apprendre, que l'est la Langue Latine. C'est dans cette vue qu'on a composé ce petit Abrégé de Principes. On peut le considérer comme une Introduction aux Grammaires de Mrs. J. Clarke & L. Poëtevin.

Après avoir rappellé à la mémoire des Enfans, ce qu'il y a d'essentiel dans la Théorie des Parties du Discours, on donne & on explique seize Règles, qu'on a jugé les plus importantes, & auxquelles il faut tenir, pendant quelque temps, les Enfans qui commencent à composer en Latin. On les a exposées avec le plus de précision & de clarté qu'il a été possible. Et comme il ne suffit pas de faire apprendre ces Règles de mémoire aux Ecoliers, mais qu'il faut s'assurer qu'ils les ont bien comprises, on a joint aux Exemples qu'on a mis sous chaque Règle, d'autres Exemples, auxquels les Ecoliers doivent faire eux-mêmes l'application de la Règle, & où on ne leur apprend que le Nominatif des Noms, & l'Infinitif des Verbes. C'est la méthode qu'on a jugé la plus propre, pour conduire les Enfans, sans beaucoup de peine, à la Composition.

PRINCIPES

ABRÉGÉS

DE LA

GRAMMAIRE LATINE.

1. D. QU'est-ce que la *Grammaire* ?

R. C'est l'art de parler & d'écrire correctement.

2. D. Combien de sortes de *Lettres* y a-t-il ?

R. Il y en a de deux sortes ; savoir, *les Voyel-les*, qui sont, *a, e, i, o, u,* & *y* : les autres l'appellent *Consonnes*, telles sont, *b, c, d, f, l,* &c.

3. D. Qu'est-ce qu'une *Syllabe* ?

R. C'est une ou plusieurs lettres jointes ensemble, qui ne forment qu'un son : ainsi dans le mot *Commencement*, il y a quatre syllabes.

4. D. Qu'appelle-t-on *Diphthongue* ?

R. On appelle *Diphthongue*, deux voyelles jointes enſemble, qui ne font qu'une ſyllabe, comme, *æ, au, eu, œ.*

5. D. Qu'appelle-t-on les *Parties d'Oraiſon?*

R. On appelle ainſi les différentes ſortes de mots dont on ſe ſert dans le Diſcours?

6. D. Quelles ſont ces différentes Parties du Diſcours?

R. Ce ſont le Nom, le Pronom, le Verbe, l'Adverbe, la Prépoſition, la Conjonction & l'Interjection.

7. D. Qu'eſt-ce qu'*un Nom*?

R. C'eſt un mot par lequel une choſe eſt nommée.

8. D. Combien de ſortes de Noms y a-t il?

R. Il y en a de deux ſortes; ſavoir, *les Noms Subſtantifs & les Noms Adjectifs.*

9. D. Qu'eſt-ce qu'un *Nom Subſtantif?*

R. C'eſt un mot qui ſert à nommer une choſe, comme un Banc, *Scamnum.* Un Lit, *Cubile.* Un Fruit, *Fructus.*

10. D. Qu'eſt-ce qu'un *Nom Adjectif?*

R. C'eſt un mot qui ſert à marquer la qualité des choſes, comme, Beau, belle, *Pulcher, pulchra, pulchrum :* Doux, douce, *dulcis, dulce.* Ainſi quand on dit, *Une belle maiſon*, le mot *Maiſon* eſt celui qui nomme la choſe dont on parle; c'eſt *un Nom Subſtantif :* & le mot *belle* eſt celui qui marque une qualité de la choſe, qui eſt la beauté; c'eſt un *Nom Adjectif.*

11. D. Que faut-il remarquer dans les Noms?

R. Il y a quatre choſes à remarquer dans les

Noms ; favoir, *les Nombres ; les Cas, les Genres,*
& *la Déclinaifon.*

12. D. Combien y a-t-il de Nombres ?

R. Il y a deux Nombres ; favoir, *le Singulier*
& *le Pluriel. Le Singulier,* c'eft quand on ne
parle que d'une feule chofe, ou d'une feule per-
fonne, comme, *une Maifon, un Temple, un
Riche. Le Pluriel,* c'eft quand on parle de deux
ou de plufieurs chofes, ou perfonnes, comme,
les Maifons, les Temples, les Riches.

13. D. Combien y a-t-il de *Cas ?*

R. Il y a fix Cas, qui font, *le Nominatif, le
Génitif, le Datif, l'Accufatif, le Vocatif* & *l'A-
blatif.*

14. D. Combien y a-t-il de *Genres* ?

R. Il y a trois Genres, qui font *le Mafculin,
le Féminin,* & le *Neutre.*

La Marque qui fert à diftinguer les Genres des
Noms qui font déclinés dans la Grammaire, eft
le pronom *hic, hæc, hoc. Hic Dominus* eft mafculin. *Hæc Lectio* eft féminin. *Hoc Cubile* eft
neutre.

15. D. Qu'avez-vous à remarquer fur les Noms
Neutres ?

R. Les Noms Neutres ont trois cas femblables,
tant au fingulier qu'au pluriel, qui font le Nominatif, l'Accufatif & le Vocatif. Et ces trois cas
au Pluriel, font terminés en *a ;* comme, *Scamnum, Scamna ; Cubile, Cubilia.*

16. D. Qu'eft-ce que *Décliner un Nom ?*

R. C'eft le réciter avec fes différentes parties.

17. D. Combien y a-t-il de *Déclinaisons* ?

R. Il y en a cinq. On les distingue par la terminaison du Génitif.

Les Noms de la 1e. Déclinaison, ont le Génitif terminé en *æ*, comme, *Mensa*, *Mensæ* : & en *es*, comme *Epitome*, *Epitomes*.

Les Noms de la IIe. Déclinaison, ont le Génitif terminé en *i*, comme, *Dominus*, *Domini*.

Les Noms de la IIIe. Déclinaison, ont le Génitif terminé en *is*, comme, *Pater*, *Patris*.

Les Noms de la IVe. Déclinaison, ont le Génitif terminé en *ús*, comme, *Fructus*, *Fructús*.

Les Noms de la Ve. Déclinaison, ont le Génitif terminé en *ei*, comme, *Res*, *rei*.

18. D. Après avoir expliqué ce qui regarde les Noms Substantifs, qu'avez-vous à remarquer sur *les Noms Adjectifs* ?

R. Les Noms Adjectifs ont trois genres.

Il y en a qui ne se terminent que d'une même manière pour les trois genres, au Nominatif & en d'autres cas, comme, *Felix. Prudens. Elégans.*

Il y en a qui se terminent de deux manières, comme, *Dulcis, dulce. Major, majus.* Le premier mot est masculin & féminin, & le second est neutre.

Il y en a qui se terminent de trois manières, comme, *Bonus, bona, bonum. Pulcher, pulchra, pulchrum.* Le premier mot est masculin ; le second est féminin ; le troisième est neutre.

19. D. Qu'eſt-ce qu'*un Pronom* ?

R. *Un Pronom* eſt un Mot qui ſe met à la place d'un Nom.

20. D. Qu'appelle-t-on les *Pronoms Perſonnels* ?

R. Ce ſont trois pronoms qui ſervent à indiquer les perſonnes qui figurent dans le diſcours.

La 1ʳᵉ. perſonne eſt celle qui parle. Elle eſt marquée par le Pronom *Ego*, je ; & au pluriel, *Nos*, nous.

La 2ᵉ. perſonne eſt celle à qui l'on parle : Elle eſt marquée par le Pronom *Tu* ; & au pluriel, *Vos*, vous.

La 3ᵉ. perſonne eſt celle de qui l'on parle : Elle eſt marquée par le Pronom *Sui*, de ſoi; ou *ille*, *illa*, *illud*, il, elle.

21. D. N'y a-t-il pas d'autres Pronoms ?

R. Il y a encore les Pronoms Démonſtratifs, comme, *hic*, *hæc*, *hoc*. *Is*, *ea*, *id*. *Ille*, *illa*, *illud*. *Ipſe*, *ipſa*, *ipſum*.

Les Pronoms Poſſeſſifs, qui ſont, *Meus*. *Tuus*. *Suus*. *Noſter*. *Veſter*.

Le Pronom Déterminatif ou Explicatif, ſavoir, *Quis & qui*, *quæ*, *quod & quid*.

Les Pronoms Indéfinis, comme, *Aliquis*. *Alius*. *Quiſque*. *Omnis*. *Nullus*. *Quicumque*. *Quivis*. &c.

22. D. Qu'appelle-t-on les *Degrés de Compa-raiſon* ?

R. On appelle ainſi différentes manières de marquer à quel degré une choſe a telle ou telle qualité. C'eſt ce qui a lieu dans les Noms Adjec-tifs, & dans les Adverbes.

23. D. Expliquez cela plus clairement.

R. L'Adjectif tout simple s'appelle *Positif*, comme, Juste, *Justus*, *justa*, *justum*.

Lors qu'en Français il y a *plus* avant un nom Adjectif, c'est le Comparatif; comme, plus juste, *justior* & *justius*.

Si avant l'Adjectif il y a *le plus*, ou *la plus*, ou *les plus*, ou *très*, ou *fort*, c'est *le Superlatif*; comme, le plus juste, ou très-juste, *justissimus*, *a*, *um*. De même, Doux, *Dulcis*, fait au Comparatif, plus doux, *dulcior* & *dulcius* : & au Superlatif, très-doux, ou le plus doux, *Dulcissimus*, *a*, *um*.

Les Comparatifs se déclinent comme *Major* & *Majus* : Et les Superlatifs se déclinent comme *Bonus*, *bona*, *bonum*.

24. D. Comment se forment les Comparatifs & les Superlatifs ?

R. Pour former le Comparatif, il faut ajouter *or* & *us*, au cas du positif, terminé en *i* : par exemple, au datif, *felici*, ajoutez, *or* & *us*, vous avez le Comparatif, *Felicior* & *felicius*, plus heureux.

Pour former le Superlatif, ajoutez à ce même cas terminé en *i*, *ssimus*, *a*, *um* : ainsi, à *felici*, ajoutez, *ssimus*, vous avez *Felicissimus*, *a*, *um*, très-heureux, très-heureuse.

25. D. Tous les Comparatifs & tous les Superlatifs se forment-ils de la même manière ?

R. Non : il y en a plusieurs irréguliers. En voici quelques-uns. *Bonus*, *a*, *um* : Bon, bonne.

Comp. *Melior & melius*, meilleur, meilleure : Superl. *Optimus, a, um*, le meilleur, la meilleure.

Malus, a, um, méchant, mauvais. Comp. *Pejor & pejus*, pire, plus mauvais. Superl. *Peſſimus, a, um*, le pire, le plus mauvais.

Magnus, a, um, Grand, grande. Comp. *Major & majus*, plus grand. Superl. *Maximus, a, um*, le plus grand.

Parvus, a, um, petit, petite. Comp. *Minor, & minus*, moindre, plus petit. Superl. *Minimus, a, um*, le moindre, le plus petit.

Multus, a, um, beaucoup. Comp. *Plus*, plus. Superl. *Plurimus, a, um*, en très-grand nombre.

Il y a auſſi des Adjectifs dont le Nominatif maſculin eſt terminé en *er*; & le Superl. en *rrimus*, comme, *Tener, tenera, tenerum*, tendre. Comp. *Tenerior, tenerius*, plus tendre. Superl. *Tenerrimus, a, um*, très-tendre.

D'autres terminés en *lis*, ont le Superlatif terminé en *llimus*, comme, *Facilis, facile*, aiſé, facile. Comp. *Facilior, & facilius*, plus aiſé. Superl. *Facillimus, a, um*, très-aiſé.

Enfin il y a des Adjectifs qui n'ont ni Comparatif ni Superlatif : Ce ſont ceux qui ont une voyelle avant la dernière ſyllabe. Alors, *plus*, s'exprime par *magis* : & *le plus*, ou *très*, s'exprime par *valdè* ou *maximè* : Comme, Néceſſaire, *Neceſſarius, a, um*; Plus néceſſaire, *Magis neceſſarius*; Très-néceſſaire, *Maximè néceſſarius*.

DES VERBES.

26. D. Qu'est-ce qu'un *Verbe* ?

R. C'est un mot qui sert principalement à affirmer une Action ou un Evénement.

27. D. Que faut-il considérer dans les *Verbes* ?

R. Il faut y considérer cinq choses, qui sont, *la Conjugaison, les Nombres, les Personnes, les Modes* & *les Tems.*

28. D. Qu'est-ce que *Conjuguer un Verbe* ?

R. C'est le réciter avec ses différentes Parties.

29. D. Combien y a-t-il de *Conjugaisons* ?

R. Il y en a quatre. On les distingue par la terminaison de l'Infinitif.

Les Verbes de la I[e]. Conjugaison ont l'Infinitif terminé en *are*, comme, *amo, amare.*

Les Verbes de la IIe. Conj. ont l'Infinitif terminé en *ére*, comme, *doceo, docére.*

Les Verbes de la IIIe. Conj. ont l'Infinitif terminé en *ere*, comme *lego, legere.*

Les Verbes de la IVe. Conj. ont l'Infinitif terminé en *ire*, comme, *nutrio, nutrire.*

30. D. Combien y a-t-il de *Nombres* dans les Verbes ?

R. Il y en a deux, comme dans les Noms ; savoir, *le Singulier* & *le Pluriel.*

31. D. Combien y a-t-il de *Personnes* ?

R. Il y en a trois ; savoir, celle qui parle, *je* & *nous.*

Celle à qui l'on parle, *tu* & *vous.*

Celle de qui l'on parle ; *il, ils,* ou *elles.*

32. D. Combien y a-t-il de *Modes* ?

R. Il y en a quatre ; favoir, *l'Indicatif, l'Im-pératif, l'Optatif* ou *le Subjonctif,* & *l'Infinitif.*

33. D. Combien y a-t-il *de Tems* ?

R. Il y en a cinq, qui font, *le Préfent, l'Im-parfait, le Prétérit* ou *le Parfait, le Plufquepar-fait,* & *le Futur.*

34. D. Combien y a-t-il de fortes de *Verbes* ?

R. Il y en a quatre fortes ; favoir, les Verbes *Actifs,* les Verbes *Paffifs,* les Verbes *Déponens,* & les Verbes *Neutres.*

35. D. Expliquez en peu de mots en quoi ces Verbes font différens les uns des autres ?

R. *Les Verbes Actifs* expriment une action que l'on fait, & qui paffe fur quelque fujet : par exem-ple, *frapper quelqu'un ;* le premier mot eft un Verbe Actif qui marque l'action de frapper, & le fecond mot exprime le fujet fur lequel cette action tombe. Les Verbes Actifs qui font dans la Gram-maire, font, *Amare, Docêre, Legere* & *Nutrire.*

Les Verbes Paffifs expriment l'action que l'on reçoit : comme, *je fuis enfeigné,* eft un verbe paffif, parce qu'il marque que je reçois l'enfeigne-ment. Les Verbes paffifs, conjugués dans la Gram-maire, font, *Amari, Doceri, Legi,* & *Nutriri.*

Les Verbes Déponens fe terminent & fe conju-guent comme les Verbes Paffifs, & ils ont fou-vent la Signification Active ; comme, *Precari,* prier : *Pollicêri,* promettre : *Amplecti,* embraf-fer : *Metiri,* mefurer.

Les Verbes Neutres se terminent & se conjuguent comme les Verbes Actifs, & n'ont point de Passifs : comme, *Supplicare*, supplier : *Favêre*, favoriser : *Studêre*, étudier.

36. D. N'y a-t-il pas des Verbes d'une autre sorte, & qui se conjuguent de quelque autre manière ?

R. Il y a encore des Verbes *Impersonnels*, qui n'ont que les Infinitifs Présent & Passé, & la troisiéme Personne singulière de chaque tems, comme, *Oportet*, il faut : *Decet*, il convient : *Contingit*, il arrive.

Il y a aussi des Verbes *Irréguliers*, qui ne se conjuguent pas comme les autres que nous avons indiqués : tels sont, *Esse*, être. *Prodesse*, profiter. *Posse*, pouvoir. *Ire*, aller. *Velle*, vouloir. *Nolle*, ne vouloir pas. *Malle*, aimer mieux. *Ferre*, porter. *Fieri*, être fait. *Edere*, manger. *Abesse*, être absent. *Adesse*, être présent.

37. D. Qu'est-ce qu'un *Adverbe* ?

R. Un *Adverbe* est un mot indéclinable, qui étant joint à un Verbe, ou à quelqu'autre mot, en détermine la signification, par quelque circonstance.

Exemples.

Sagement, avec sagesse.	*Sapienter.*
Honnêtement.	*Honestè.*
Honteusement.	*Turpiter.*
Bien.	*Benè.*
Beaucoup.	*Multùm.*

Peu.	*Parùm.*
Où.	*Ubi.*
Nullement, point du tout.	*Minimè.*

38. Qu'eſt-ce qu'une *Prépoſition ?*

R. C'eſt une partie du Diſcours, indéclinable, qui ſe met ordinairement avant un nom qui en dépend. Il y en a vingt-neuf qui régiſſent l'Accuſatif.

A , pour.	*Ad.*
Chez , auprès.	*Apud.*
Devant.	*Ante.*
Contre.	*Adversùs* ou *adversùm.*
Deçà.	*Cis.*
Deçà , ſans.	*Citra.*
Autour.	*Circum.*
Auprès , environ , tou-chant.	*Circa.*
Environ.	*Circiter.*
Contre.	*Contra.*
Envers.	*Erga.*
Hors.	*Extra.*
Au - deſſous.	*Infra.*
Entre.	*Inter.*
Dans , au - dedans.	*Intra.*
Auprès , ſelon.	*Juxta.*
Pour , devant.	*Ob.*
En la puiſſance.	*Penes.*
Par, par le moyen de.	*Per.*
Derrière.	*Pone.*

Après.	*Post.*
Hormis, excepté, outre.	*Præter.*
Proche, auprès, presque.	*Prope.*
A cause, auprès.	*Propter.*
Selon, après.	*Secundùm.*
Le long, joignant.	*Secùs.*
Au-dessus.	*Supra.*
Au-delà.	*Trans.*
Outre.	*Ultra.*

Il y a treize autres Prépositions qui se mettent toujours avant l'Ablatif, savoir :

De, par, dès, depuis.	*A, ab, abs.*
Sans.	*Absque.*
En la présence de.	*Coram.*
Avec.	*Cum.*
De, sur, touchant.	*De.*
De, d'entre.	*E, ex.*
En public.	*Palam.*
Devant.	*Præ.*
Pour.	*Pro.*
Sans.	*Sine.*

39. D. N'y a-t-il pas des Prépositions qui se mettent quelquefois avant l'Accusatif, & quelquefois avant l'Ablatif?

R. Oui, comme, *In*, en, dans. *Sub*, sous. *Super*, sur. *Subter*, dessous. Elles régissent l'Accusatif, quand elles sont après *un Verbe de mouvement*, c'est-à-dire, après un Verbe qui marque

que l'on paſſe d'un endroit dans un autre, comme :

Aller dans la Ville.	*Ire in Urbem.*
Revenir ſous le toit.	*Redire ſub tectum.*
Nous allons ſur la montagne.	*Imus ſuper montem.*
Je vais ſous la voûte.	*Eo ſubter teſtudinem.*

Ces mêmes Prépoſitions régiſſent l'Ablatif, lorſqu'elles ſont après *un Verbe de Repos*, c'eſt-à-dire, après un Verbe qui marque que l'on ne ſort pas du lieu où l'on eſt, comme :

Nous ſommes dans la Claſſe.	*Sumus in Scholâ.*
Nous mangeons ſous les arbres.	*Edimus ſub Arboribus.*
Tu as habité ſur la colline.	*Habitaviſti ſuper colle.*
Il eſt caché ſous le toit.	*Latet ſub tecto.*

On trouve pluſieurs exemples de *ſuper* avec l'Accuſatif. *Leos tabat ſuper juvencum.*

40. D. Qu'eſt-ce qu'*une Conjonction* ?

R. *La Conjonction* eſt un mot qui ſert à lier enſemble les parties du Diſcours.

Exemples.

Et.	*Et, atque, ac.*
Ou.	*Aut, vel.*
Car.	*Nam, enim.*
Parce que.	*Quia.*

Mais.	*Sed , atqui.*
Quoique.	*Quamvis.*
Cependant.	*Tamen.*
Donc.	*Igitur , Ergo.*
Lors que.	*Cùm.*
Afin que , comme.	*Ut.*

41. D. Qu'eſt-ce qu'une *Interjection* ?

R. *L'Interjection* eſt un mot que l'on employe pour marquer quelque mouvement paſſionné de l'Ame , comme :

Hélas !	*Heu !*
Comment ! Quoi !	*Papæ !*
Malheur à !	*Væ !*
Oh !	*Proh !*

ABREGÉ

ABRÉGÉ
DES PRINCIPALES RÈGLES
pour la Compofition Latine.

REGLE I.

D. Quand il y a un Nom Adjectif, ou un Pronom, ou un Participe, ou un Comparatif, ou un Superlatif, joint à un Nom Subftantif, en quel cas, en quel genre, & en quel nombre doit-on les mettre ?

R. On doit les mettre au même genre, au même nombre, & au même cas, que celui où eft le Nom Subftantif auquel ils fe rapportent.

Exemples.

Notre livre.	*Nofter liber.*
Ma fille.	*Mea filia.*
Un Nom beau ou plus beau.	*Nomen pulchrum,* ou *pulchrius.*
Un homme de bien.	*Vir probus.*
Une femme belle.	*Mulier formofa.*
Un Ciel ferein.	*Cœlum ferenum.*
Le Roi qu'il faut honorer.	*Rex honorandus.*
Une chofe certaine.	*Res certa.*
Mon Maître très-favant.	*Meus Magifter doctiffimus*

B

Autres Exemples, pour exercer les Ecoliers à l'application de la première Règle.

Un fruit nouveau.	*Fructus, ûs,* m. *recens, tis.*
Une bonne santé.	*Bonus, a, um, valetudo, inis,* f.
Un naturel heureux.	*Indoles, is,* f. *bonus, a, um.*
Un nom honorable.	*Nomen, inis,* n. *gloriosus, a, um.*
Un plaisir passager.	*Voluptas, atis,* f. *fluxus, a, um.*
Une passion criminelle.	*Cupiditas, atis,* f. *nefarius, a, um.*
Un dessein très-mauvais.	*Consilium, ii,* n. *pessimus, a, um.*
Un ouvrage inutile.	*Opus, eris,* n. *inutilis, le.*
D'un discours parfait, *au génitif.*	*Oratio, nis,* f. *perfectus, a, um.*
A une vérité certaine.	*Veritas, tis,* f. *certus, a, um.*
Le bonheur éternel, *à l'accusatif.*	*Felicitas, tis,* f. *æternus, a, um.*
O siècle corrompu.	*Seculum, i,* f. *depravatus, a, um.*
Par ta main belle.	*Tuus, a, um; manus, ûs,* f. *pulcher, a, um.*

Les corps foibles.	*Corpus, oris,* n. *debilis, e,* ou *infirmus, a, um.*
Des arbres hauts, *au génitif.*	*Arbor, ris,* f *procerus, a, um.*
Aux Royaumes plus fleuriſſans.	*Regnum, i,* n. *florentior, & tius.*
Les habits précieux, *à l'accuſatif.*	*Veſtis, is,* f. *pretioſus, a, um.*
O déſirs blâmables.	*Cupiditas, tis,* f. *vitupe-randus, a, um.*
Par les modèles plus parfaits.	*Exemplar, ris,* n. *perfeƈtior, & ius.*

R E G L E I I.

D. Vous avez dit ci-devant qu'un Verbe ſert à affirmer une Aƈtion ou un Evénement : En quel cas faut-il mettre le Nom de la perſonne, ou de la choſe qui fait l'aƈtion exprimée dans le Verbe?

R. Il faut mettre ce Nom au Nominatif : C'eſt ce qu'on appelle le *Nominatif du Verbe.* Lors que ce Nominatif eſt au ſingulier, le Verbe qui ſuit doit auſſi être au ſingulier : Et s'il eſt au pluriel, le Verbe doit auſſi être au pluriel.

Exemples.

Mon frère vient.	*Meus frater venit.*
Pierre étudie.	*Petrus ſtudet.*
Ma Mère veut.	*Mea Mater vult.*
Ce garçon crie.	*Ille puer clamat.*
Les Rois commandent.	*Reges imperant.*
Les Ecoliers apprennent.	*Diſcipuli diſcunt.*

Exemples pour l'application de la seconde Règle.

La Charité exige.	*Caritas, exigere, go, gis, egi, actum.*
La Prudence vouloit.	*Prudentia, velle, volo, volui.*
Mon Ami s'en est allé.	*Meus Amicus, abire, eo, is, ivi, itum.*
L'Enfant avoit compris.	*Puer, intelligere, go, gis, lexi, lectum, Act.*
Ta Mère viendra.	*Tuus Mater, f. venire, io, is, veni, ventum.*
Dieu conduise.	*Deus, ducere, co, cis, xi, ctum.*
La Justice demanderoit.	*Justitia, exigere, ou postulare.*
Je souhaite qu'il ait lu.	*Cupere, io, is, cupivi, cupitum, ut legere, legi.*
Les hommes auroient été heureux.	*Homo, inis, esse felix, cis.*
Lorsque ton Fils aura lu.	*Cùm tuus filius legere.*
Ma femme prioit.	*Meus uxor, f. precari.*
Ta Mère a promis.	*Tuus Mater, f. pollicéri.*
Cet enfant auroit été nourri.	*Ille infans, m. nutriri.*
Le Tems viendroit.	*Tempus, venire.*
La pluie seroit tombée.	*Pluvia, cadere, do, dis, cecidi, casum.*
Cette femme sera punie.	*Ille mulier, f. puniri, ior, itus sum.*

Cette leçon étoit contenue.	*Ille lectio, f. continêri, eor, tentus sum.*
Les hommes favent.	*Homo fcire, fcio, fcis, fcivi, fcitum.*
La Vertu brilleroit.	*Virtus, fulgêre ou fplendêre, eo, es.*
Le Seigneur a commandé.	*Dominus imperare.*
Les Enfans fages obéiront.	*Puer, ri, m. fapiens, tis, adj. obedire, io, ivi, itum.*
Cette perfonne auroit vu.	*Ille homo, m. videre, eo, es, vidi, vifum.*
L'Ecolier aura appris.	*Difcipulus difcere, fco, didici.*
Les Arbres croiffent.	*Arbor, crefcere, fco, fcis, crevi, cretum.*
L'Argent eft diminué.	*Pecunia, diminui, uor, nutus fum.*
Chacun fera rappellé.	*Quifque, quæque, quodque, revocari, or, atus fum.*
Les Affligés feront foulagés.	*Afflictus, a, um, levari, or, atus fum.*

REGLE III.

D. En quel cas met-on le Nom qui eft après les Verbes *effe*, être; *fieri*, devenir; *habêri*, paffer pour; *vidêri*, fembler, paroître; *manére*, demeurer; *vocari*, être appellé?

R. On le met au même cas que le nom qui précède ce verbe.

Exemples.

Cet écolier eſt diligent.	*Ille diſcipulus eſt diligens*
Tu deviendra ſavant.	*Fies doctus.*
Cet homme paſſe pour riche.	*Ille homo habetur dives.*
Il me paroît ſage.	*Mihi videtur ſapiens.*
Il demeuroit immobile.	*Manebat immobilis.*

Exemples pour l'application de la troiſième Règle.

La Vieilleſſe elle-même eſt une maladie.	*Senectus, tis, f. ipſe eſſe morbus, i, m.*
Nous ſommes les Enfans de Dieu.	*Ego eſſe filius Deus.*
Cet Enfant eſt devenu malheureux.	*Ille puer fieri miſer, a, um.*
Le riche paſſe pour être heureux.	*Dives, itis, haberi, eor, itus ſum, felix, ou beatus, a, um.*
Cette maiſon eſt très-grande.	*Ille domus, ûs, f. eſſe maximus, a, um.*
Tous ont été rappellés.	*Omnis, e, eſſe revocatus, a, um.*
Cet écolier auroit été ſage.	*Ille diſcipulus, eſſe ſapiens.*
Cette connoiſſance ſemble inutile.	*Ille cognitio, onis, f. videri, eor, viſus ſum, inutilis, e.*

Cet événement paroîtra fâcheux. — *Ille eventus, ûs, m. vidêri molestus, a, um.*

Ce Prince passoit pour cruel. — *Ille Princeps, cipis, m. habêri crudelis, e.*

Nous passerons tous pour insensés. — *Habêri omnis insanus, a, um.*

Cela a paru vraisemblable. — *Illud vidêri verisimilis, e.*

Les hommes seroient demeurés les maîtres. — *Homo manêre, eo, es, mansi, Dominus.*

L'Action auroit paru injuste. — *Actio, nis, f. vidêri injustus, a, um.*

Souvent le Vice est appellé Vertu. — *Sæpe Vitium, ii, n. vocari, or, aris, atus sum, Virtus, tis, f.*

Les Pacifiques seront appelés Enfans de Dieu. — *Pacificus, a, um, vocari Filius Deus.*

L'Ecolier appliqué à l'étude deviendra savant. — *Discipulus studiosus fieri doctus.*

Les Pauvres sont regardés comme malheureux. — *Pauper, ris, habêri miser, a, um.*

Ces lettres sont jolies. — *Illa Epistola, æ, f. esse elegans.*

Notre Seigneur a été appelé Fils de Dieu. — *Noster Dominus vocari filius Deus.*

Cette Religion est très-excellente. — *Ille Religio, f. esse excellentissimus.*

Cette Vérité auroit paru importante. — *Ille Veritas, tis, f. vidêri momentosus.*

REGLE IV.

D. Lorſque deux Subſtantifs qui ſignifient des choſes différentes, ſont joints enſemble, & qu'après le premier il y a un de ces petits mots, *de, du, des, de la, d'un, d'une*, en quel cas faut-il mettre le ſecond Subſtantif ?

R. On met le ſecond Subſtantif au Génitif.

Exemples.

L'Honneur de mon Fils.	*Honor mei filii.*
La Gloire de l'Eglife.	*Gloria Ecclefiæ.*
La Faveur des Rois.	*Gratia Regum.*
La Sageſſe des Ecoliers.	*Sapientia Diſcipulorum.*

Exemples pour l'application de la quatrième Règle.

La lecture de ce livre.	*Lectio ille, g. illius, liber, bri.*
L'Amour de la Vertu.	*Amor, ris, m. Virtus, utis.*
La Ville du Grand Roi.	*Urbs, bis, f. magnus, i, Rex, regis, m.*
La plume de mon ami.	*Penna meus amicus, i. m.*
La femme de mon voiſin.	*Uxor meus vicinus, i. m.*
La volonté de Dieu.	*Voluntas Deus, i. m.*
La vieilleſſe de ma Mère.	*Senectus meus Mater, tris, f.*
Les vices des hommes.	*Vitium homo, inis.*
L'étude des Belles-Lettres.	*Studium Humaniores, rum, Litteræ, arum, f.*

Le défir du bonheur.	*Cupiditas Felicitas, atis.*
Les biens de la Terre.	*Bonum Terra, æ.*
Le fecours du Saint Ef-prit.	*Auxilium Sanctus, a, um, Spiritus, ûs, m.*
L'exemple des gens de bien.	*Exemplum vir, g. viri, m. probus, ou bonus.*
La perte de fa réputation	*Jactura fuus fama, æ, f.*
Une maladie de l'Ame.	*Morbus Anima, æ, f.*
Le chemin du Ciel.	*Via Cœlum, i, n.*
Le fentier du falut.	*Semita Salus, tis, f.*
Les Commandemens de Dieu.	*Mandatum, i, n. Deus, i, m.*
Le Seigneur de tous les hommes.	*Dominus omnis homo, inis, m.*
L'attention des Ecoliers.	*Attentio Difcipulus, i.*
L'ordre du Prince.	*Juffum Princeps, cipis, m.*
La prière de nos frères.	*Precatio nofter frater, tris, m.*
L'opiniâtreté de certai-nes gens.	*Pertinacia quidam homo, inis, m.*
La véritable crainte de Dieu.	*Verus timor, ris, m. Deus, i.*
La foibleffe de la natu-re humaine.	*Debilitas, ou infirmitas natura humana, æ, f.*
La Règle de la Vie.	*Regula vita, æ.*
La Connoiffance de nos devoirs.	*Cognitio nofter officium, cii, n.*
L'ouvrage de nos mains.	*Opus, eris, n. nofter manus, ûs, f.*

REGLE V.

D. Quand est-ce qu'il faut mettre un nom au Datif ?

R. C'est ordinairement lorsque devant ce nom il y a un de ces petits mots, *à*, *au*, *aux*, *à la*, *à un*, *à une :* ou lorsqu'il est après un verbe qui régit le Datif, comme sont les Verbes *studere*, étudier ; *favere*, favoriser ; *supplicare*, supplier ; *benedicere*, bénir ; *maledicere*, maudire ; *parcere*, épargner ; *adulari*, flater ; *blandiri*, caresser.

Exemples.

J'ai donné cela à mon frère.	*Dedi illud meo fratri.*
Le travail est utile à un enfant.	*Labor est utilis puero.*
Répondre à quelqu'un.	*Respondêre alicui.*
Etre du sentiment des autres.	*Assentiri aliis.*
Caresser ses amis.	*Blandiri amicis.*

Exemples pour l'application de la cinquième Règle.

Nous rendons aux autres.	*Reddere, o, is, didi, ditum, alius, a, ud.*
Je suis attaché à ce livre.	*Esse affixus, a, um, ille liber, g. illius libri.*
L'Oisiveté est pernicieuse à tous.	*Otium, ii, n. esse perniciosus omnis.*
Tu dois étudier cette Science.	*Debêre, eo, studêre, eo ille scientia.*

Il faisoit du mal à sa famille.	*Nocêre, eo, nocui, suus familia, æ, f.*
Nous avons supplié notre Père.	*Supplicare noster Pater, g. nostri Patris, m.*
Cette lecture sera utile à ton fils.	*Ille lectio, f. esse utilis tuus filius, i. m.*
Dieu donnera aux hommes sages.	*Deus dare, do, das, dedi, datum, homo sapiens, entis.*
Je voudrois faire du bien à ton frère.	*Velle benefacere, cio, cis, feci, factum, tuus frater, tris, m.*
Ce nom sera donné à mon Fils.	*Ille nomen dari meus filius, ii, m.*
Accordons à ce malheureux.	*Concedere, do, dis, cessi, cessum, ille miser, g. illius miseri.*
Il s'appliquera à cette lecture.	*Incumbere, o, is, cubui, ille lectio, onis, f.*
Nous avons étudié la Philosophie.	*Studêre Philosophia.*
Ce vice est funeste aux hommes.	*Ille vitium, n. esse funestus, a, um, homo.*
Les personnes vertueuses obéissent à la volonté de Dieu.	*Homo virtute præditus obedire voluntas, g. atis, Deus.*
Il a promis cela à son Maître.	*Pollicêri illud suus Præceptor, oris, m.*
Nous serons agréables à notre Père Céleste.	*Esse gratus noster Pater, tris, m. Cælestis.*
Le vice contraire à cette vertu.	*Vitium, n. contrarius ille virtus, utis, f.*

Nous sommes sujets à divers maux.	*Esse obnoxius varius malum.*
Il porte envie au bonheur des autres.	*Invidére, eo, es, vidi, visum, felicitas, atis, f. alius.*
Nous favorisons les intérêts de cette personne.	*Favére, eo, vi, fautum, commodum, i. n. ou utilitas, atis, f. ille homo.*
Il ne faut pas maudire les autres hommes.	*Non oportére maledicere, co, cis, xi, ctum, alius homo.*

REGLE VI.

D. Quel cas régissent les Verbes Actifs, & la plupart des Verbes Déponens ?

R. Ils régissent l'accusatif ; & ce cas, on l'appelle alors, *le Cas* ou *le Régime du Verbe.*

Exemples.

Nous aimons Dieu.	*Amamus Deum.*
J'enseigne mon frère.	*Doceo meum fratrem.*
Il prie le Seigneur.	*Precatur Dominum.*
Tu as lu un bon livre.	*Legisti bonum librum.*

Exemples pour l'application de la sixième Règle.

J'ai aimé la gloire.	*Amare gloria.*
Il lisoit de bons livres.	*Legere bonus liber.*
Tu possédois une belle Maison.	*Possidére, eo, es, sedi, sessum, pulcher domus, ûs, f.*

Nous avons connu ce lieu-là.	*Cognoscere, sco, scis, novi, nitum, ille locus.*
Ils écrivent des lettres.	*Scribere, bo, bis, psi, ptum epistola.*
Un sage Ecolier apprend ses leçons.	*Sapiens Discipulus discere*, ou *memoriæ mandare, suus lectio, onis. f.*
Plusieurs négligent leurs devoirs.	*Multus negligere, go, gis, glexi, glectum, suus officium, ii, n.*
La science rend la vie douce.	*Scientia efficere, cio, cis, feci, fectum, vita suavis, e.*
Il embrassera ses amis.	*Amplecti suus amicus.*
Dieu sonde les cœurs.	*Deus scrutari, atus sum, cor, gen. dis, n.*
Mon Père a employé ce moyen.	*Meus Pater adhibêre, eo, es, bui, bitum, ille ratio, onis, f.*
Nous augmenterons nos trésors.	*Augere, geo, ges, xi, ctum, noster thesaurus, i, m.*
Tu connoîtrois le véritable usage de cela.	*Cognoscere verus, a, um, usus ille res, gen. rei.*
Bien des gens satisfont, *ou*, contentent leurs passions.	*Plurimus homo explêre, eo, es, evi, etum, suus cupiditas, atis, f.*
Notre Seigneur jugera tous les hommes.	*Noster Dominus judicare omnis homo.*
Il est beau de contempler les ouvrages de la Nature.	*Pulcher esse contemplari opus, eris, n. Natura.*

Un Roi qui aime son peuple.	*Rex qui amare suus populus.*
Ils ont pratiqué cette vertu.	*Observare ille virtus, utis, f.*
La Créature qui connoît son Créateur.	*Res creata qui cognoscere suus Creator, oris, m.*
Ces savans ont acquis une très-grande réputation.	*Ille Doctus comparare maximus fama, æ, f.*
La Providence a placé l'homme sur la Terre.	*Providentia collocare homo in, ou super Terra.*
Les hommes trouvent en eux les règles de leur vie.	*Homo invenire, io, is, veni, ventum, in sui, g. au datif, sibi, regula suus vita, æ, f.*
Cet exemple portera mon frère à la Vertu.	*Ille exemplum, n. incitare meus frater ad virtus, utis, f.*

REGLE VII.

D. Quand est-ce qu'on emploie le *Vocatif*?

R. C'est quand on appelle quelqu'un, ou qu'on s'adresse à lui.

Exemples.

Seigneur, ayez pitié de moi.	*Domine, miserêre mei.*
Bernard, viens ici.	*Bernarde, huc veni.*
D'où reviens-tu, mon fils ?	*Unde redis, mi fili ?*
Mon Père, pardonnez-moi.	*Mi Pater, ignosce mihi.*

Exemples pour l'application de la septième Règle.

Aide - moi, Seigneur.	*Adjuvare, o, as, juvi, jutum, ego, Dominus.*
Mon cher ami, revien bientôt.	*Meus dilectus Amicus, redire, eo, is, ivi, citò.*
Pierre, écoute.	*Petrus audire, dio, dis, audivi, auditum.*
Mon Maître, voulez-vous vous promener ?	*Meus Præceptor, volo ambulare ?*
Méchant garçon, tu sera batu.	*Pravus puer, vapulare, n.*
O homme ingrat ! ne rougis-tu pas ?	*O homo ingratus ! nonne erubescere, sco, scis, erubui, n.*
Monsieur, comment vous portez-vous ?	*Dominus, quomodo valére, eo, es, valui, valitum ? n.*
Malheureux, qu'as - tu fait ?	*Miser, quid facere, feci, factum ?*
Antoine, où va-tu ?	*Antonius, quò vadere, do, dis, si, sum.*
Approche ici, l'habile homme.	*Accedere, do, dis, cessi, cessum, hùc, peritus, a, um, homo.*
Mon fils, donne-moi ton cœur.	*Meus Filius, dare ego tuus cor, g. cordis, n.*
Vous faites prudemment, mon cher Cousin.	*Facere prudenter, meus dilectus Consobrinus, i, m.*

Beau garçon , répon-moi.	*Formoſus puer, reſpon-dêre, deo, es, di, ſum, ego.*

REGLE VIII.

D. N'y a-t-il pas quelques Noms Adjectifs , & quelques Verbes qui régiſſent l'Ablatif ?

R. Oui , les Adjectifs qui régiſſent l'Ablatif ſont , *dignus*, digne ; *indignus*, indigne ; *prædi-tus*, doué ; *ornatus*, orné ; *contentus*, content ; *fretus*, qui ſe confie *ou* qui s'appuie.

Les Verbes qui régiſſent l'Ablatif , ſont *utor* , je me ſers ; *abutor*, j'abuſe ; *fruor*, je jouïs ; *fun-gor* , je m'acquitte ; *veſcor*, je me nourris ; à quoi il faut joindre , *opus eſt*, il eſt beſoin.

Exemples.

Digne d'un grand hon-neur.	*Dignus magno honore.*
Content de peu de choſes	*Contentus paucis rebus.*
Vertueux, doué de vertu.	*Præditus virtute.*
Orné de belles qualités.	*Ornatus eximiis dotibus.*
Plein de quelque choſe.	*Plenus aliquâ re.*
Indigne de louange.	*Indignus laude.*
Se confiant ſur ſes forces.	*Fretus viribus.*
Je me ſers de ta plume.	*Utor tuâ pennâ.*
S'acquitter de ſon devoir.	*Fungi ſuo officio.*
Nous jouiſſons de nos biens.	*Fruimur noſtris bonis.*

Tu

Tu as abusé de notre bonté.	*Abusus es nostrâ bonitate.*
Nous nous nourrissons de légumes.	*Vescimur leguminibus.*
J'ai besoin d'un livre.	*Opus est mihi libro.*

Exemples pour l'application de la huitième Règle.

Ta femme est digne d'un tel honneur.	*Tuus uxor, f. esse dignus talis honor.*
Je connois des gens qui sont contens de leurs biens.	*Cognoscere homo qui esse contentus suus bonum.*
Nous ferons un bon usage de nos talens.	*Benè uti, or, eris, usus sum, noster dos, tis, f.*
Jusques à quand abuseras-tu de ma patience ?	*Quousque abuti meus patientia ?*
Ils se sont acquittés de ce devoir.	*Fungi, or, eris, functus sum, ille officium.*
Ces Ecoliers ont eu besoin de ce livre.	*Ille Discipulus, egeo, eges, egui, ille liber.*
Il ne se passera point de cet amusement.	*Non facilè carêre, eo, es, carui, ille ludus.*
Il a été dépouillé de tous ses biens.	*Spoliari, or, aris, atus sum, omnis suus bonum.*
Ceux qui se serviroient de ce moyen là.	*Ille qui uti ille ratio, nis, f.*
Il nous exemptera de cette peine.	*Nos eximere, o, is, emi, emptum, ille labor, ris, m.*

Ce Soldat s'étoit prévalu de la clémence du Roi.	*Ille miles, itis*, m. *uti clementia Rex, gis*, m.
Nous avons besoin de bien des choses.	*Egére plurimus res.*
Chacun doit être content de son sort.	*Quisque debére esse contentus suus sors, tis*, f.
Les hommes jouissent de très-grands avantages.	*Homo frui, eris, fructus sum, maximus commodum.*

REGLE IX.

D. En quel cas met-on les Noms qui marquent ou l'*Instrument* avec lequel on fait quelque chose, ou le *Tems* auquel on l'a fait, ou *le Prix* d'une chose qu'on vend ou achète ?

R. Il faut mettre ces Noms-là à l'Ablatif.

Exemples.

Il a frappé son frère d'un bâton.	*Percussit suum fratrem baculo.*
Il l'a blessé avec une pierre.	*Eum vulneravit lapide.*
Je viendrai à deux heures.	*Veniam horâ secundâ.*
Il est mort la première année.	*Mortuus est primo anno.*
J'ai acheté ce livre trois sols.	*Emi illum librum tribus assibus.*

Exemples pour l'application de la neuvième Règle.

J'ai écrit plusieurs lettres avec une seule plume.	*Scribere multus epiſtola unicus penna.*
Il eſt allé en Claſſe à une heure.	*Ire in Schola prima hora.*
J'ai vendu ce cheval vingt écus.	*Vendere, do, dis, didi, ditum, ille equus viginti,* adj. indécl. *nummus.*
Nous avons reçu votre lettre le premier jour de ce mois.	*Accipere, pio, pis, cepi, ceptum, tua epiſtola primus dies hic menſis, is,* m.
Nous irons Dimanche.	*Ire dies Dominicus,* gen. *diei Dominici.*
Mon Père reviendra la semaine prochaine.	*Meus Pater redire, eo, is, ivi, itum,* n. *hebdomas dis,* f. *proximè futurus, a, um.*
Il l'a bleſſé d'un coup de canif.	*Is vulnerare ictus, ús,* m. *ſcalpellum.*
Ce cheval a coûté trente écus.	*Ille equus, ui,* m. *conſtare, conſtitit, triginta,* adj. indéclin. *nummus.*
Il a mis en gage ſes livres pour ſix ſols.	*Oppignerare ſuus liber ſex,* adj. indéclin. *as, aſſis,* m.
Nous avons recité la leçon ce matin.	*Recitare lectio hic tempus matutinum,* gén. *temporis matutini,* n.

Les Ecoliers apprendront leur leçon ce soir.	*Discipulus discere suus lectio hic vesper, eris, m.*
Tous les hommes seront jugés au dernier jour.	*Omnis homo judicare ultimus dies.*
Chaque année il remporte le prix.	*Unusquisque, unaquæque, unumquodque, annus, anni, m. referre, fero, retuli, relatum, præmium, ii, n.*
Je ne veux pas revenir à deux heures.	*Non posse redire hora secunda.*
Mon frère a écrit plusieurs lettres le mois passé.	*Meus frater scribere multus epistola mensis, is, m. præteritus, a, um.*
Dieu se reposa le septième jour.	*Deus requiescere, sco, scis, evi, etum, n. septimus, a, um, dies.*
Je le peindrai des mêmes couleurs.	*Is pingere, go, gis, pinxi, pictum, idem color, oris, m.*
Notre Seigneur ressuscita le premier jour de la semaine.	*Noster Dominus resurgere, go, gis, rexi, rectum, primus dies hebdomas, dis, f.*

REGLE X.

D. Quand, après un Verbe Passif, il y a un de ces petits mots, *de, du, des, par, par le, par la, par les,* & que le Nom qui suit est le

Nom d'une chose *animée*, comme d'une perfon-
ne ou d'une bête, comment exprime - t - on ce
petit mot ?

R. On l'exprime par la prépofition *a*, fi le mot
qui fuit commence par une confonne, & par *ab*,
fi ce mot commence par une voyelle.

Exemples.

Je fuis aimé de mon Père.	*Amor a meo patre.*
Il eft loué de tous.	*Laudatur ab omnibus.*
Il a été dévoré par les loups.	*Devoratus eft a lupis.*

Exemples pour l'application de la dixième Règle.

Les gens de bien font ai-més de Dieu.	*Vir probus amari à Deus,* gén. *Dei.*
Nous ferons approuvés de notre Juge.	*Approbari à nofter Ju-dex, icis,* m.
Cette vertu a été prati-quée par les Payens.	*Ille Virtus coli, or, eris, cultus fum, ab Ethni-cus, i,* m.
Une telle conduite eft blâmée de tout le mon-de.	*Talis agendi ratio vitu-perari, or, aris, atus fum, ab omnis.*
Les méchans font rejet-de Dieu.	*Improbus, a, um, rejici, cior, ceris, rejectus fum, à Deus.*

Les personnes vertueu-ses font conduites par le Saint Esprit.	*Homo virtute præditus dirigi , gor , directus sum, à Sanctus, a, um, Spiritus, ûs, m.*

Et si le Nom qui est après le Verbe Passif, marque une chose *inanimée*, il se met à l'Ablatif sans préposition , comme :

Etre vaincu par la douleur.	*Vinci dolore.*
Etre nourri de lait.	*Nutriri lacte.*

Exemples pour l'application de cette Règle.

Son ame est parée d'excellentes qualités.	*Ejus anima exornari, or, aris, atus sum , eximius, a, um, virtus, utis, f.*
Revêtu d'un habit royal.	*Indutus , a , um , vestis , is , f. regius, a , um.*
Il fut saisi de terribles douleurs.	*Corripi , pior, peris, correptus sum,* Pass. *horrendus dolor, ris, m.*
La nature étoit surpassée par l'art.	*Natura superari, or, aris, atus sum,* Pass. *ars , tis , f.*
Ce Champ est paré de nouveaux fruits.	*Ille ager, gri, m. ornari, novus, a, um , fructus.*
Nos loix sont réglées par l'équité.	*Noster lex, gis, f. regi, or, eris , rectus sum, æquitas , tis, f.*

J'ai été offensé de son audace.	*Offendi, or, eris, offensus sum, ejus audacia, æ, f.*
Nous nous arrêtons trop aux choses de la Terre.	*Detineri, eor, eris, detentus sum, nimis res terrenus, a, um.*
Les Soldats Romains étoient endurcis au travail.	*Miles, itis,* m. *Romanus indurari labor, ris,* m.
Il a été attiré par cette promesse.	*Allicere, cio, cis, lexi, lectum,* Act. *ille promissum, i,* n.
La vie humaine est mêlée de tant de maux.	*Vita humana miscere, sceo, miscui, mixtum, tot,* adj. indécl. *malum.*

REGLE XI.

D. Comment exprime-t-on le mot *pour*, lors qu'il est devant un Verbe qui n'est pas au Passif ?

R. On l'exprime par la préposition *ad*, & alors l'Infinitif qui suit se met au Gérondif en *dum*.

Exemples.

Pour aimer. - - - -	*Ad amandum.*
Pour enseigner. - - -	*Ad docendum.*
Pour lire. - - - -	*Ad legendum.*
Pour nourrir. - - -	*Ad nutriendum.*
Pour admirer. - - -	*Ad mirandum.*

Exemples pour l'application de la Règle onzième.

Pour dérober. - - -	*Ad furari*, or, aris, atus ſum, Dép.
Pour mériter. - - -	*Ad mereri*, eor, eris, meritus ſum, Dép.
Pour acquérir. - - -	*Ad adipiſci*, ſcor, ſceris, adeptus ſum, Dép.
Pour conſentir. - - -	*Ad aſſentiri*, tior, tiris, ſus ſum, Dép.
Pour dompter. - - -	*Ad domare*, o, as, domui, domitum, Act.
Pour avertir. - - -	*Ad monére*, eo, es, monui, monitum, Act.
Pour recommander. -	*Ad præſcribere*, bo, bis, pſi, ptum, Act.
Pour finir. - - - -	*Ad finire*, io, is, ivi, itum, Act.
Pour jouïr. - - - -	*Ad frui*, or, eris, fruꞓus ſum, Dép.
Pour faire. - - - -	*Ad facere*, cio, cis, feci, faꞓum, Act.

Mais s'il y a devant un Infinitif paſſif, comme les Verbes Paſſifs n'ont point de Gérondifs, il faudra tourner le *pour*, par *afin que*, & l'Infinitif, par un Tems du Subjonꞓif, comme :

Il parle ainſi pour être loué : *Sic loquitur ut laudetur* : tournez, *afin qu'il ſoit loué.*

Exemples pour l'application de la Règle.

Dieu pardonne pour être aimé, t. *afin qu'il soit aimé.*	*Deus ignoscere, sco, scis, ignovi, ignotum, ut amari.*
Nous venons pour être appelés, t. *afin que nous soyons appelés.*	*Venire, ut vocari,* ou *nominari.*
Il a fait cela pour être connu, t. *afin qu'il fût connu.*	*Id facere, ut cognosci.*
Il se soumet, pour être élevé, t. *afin qu'il soit élevé.*	*Sui,* dat. *sibi, submittere, to, tis, misi, missum, ut extolli, or, eris, elatus sum.*
Il veut agir ainsi, pour être honoré, t. *afin qu'il soit honoré.*	*Velle agere, o, is, egi, actum, sic, ut honorari.*
Tu t'ès conduit de cette manière, pour être loué, t. *afin que tu fusses loué.*	*Tu,* gén. *tui, gerere, o, is, gessi, gestum, hic modus, i,* m. *ut laudari.*
Nous devons connoître la Religion, pour être heureux, t. *afin que nous soyons heureux.*	*Debêre, eo, es, debui, debitum,* Act. *cognoscere Religio, ut esse felix.*

REGLE XII.

D. Que fait - on lorsqu'après un Verbe de Mouvement à un lieu, il y a un autre Verbe à l'Infinitif ?

R. Il faut mettre le *Supin* à la place de l'Infinitif qui eſt après un Verbe de mouvement.

Exemples.

Je viens écrire la leçon.	*Venio ſcriptum lectionem.*
Je vais ſupplier mon Père.	*Eo ſupplicatum meo Patri.*
Nous venons écouter le Maître.	*Venimus auditum Præceptorem.*
Ils vont acheter des livres.	*Eunt emptum libros.*

Exemples pour l'application de la douzième Règle.

Nous irons chaſſer.	*Ire venari, or, aris, venatus ſum,* Dép.
Il eſt venu voir les jeux.	*Venire ſpectare ludus, i,* maſc.
Nous reviendrons vous ſaluer.	*Redire, eo, is, ivi, itum,* n. *tu,* gén. *tui ſalutare.*
Il eſt allé faire venir la nourrice.	*Ire accerſere, o, is, ſivi, ſitum,* Act. *nutrix,* g. *tricis.*
Il ſeroit allé vendre ſes habits.	*Ire vendere ſuus veſtis, is,* f.
Nous viendrons réciter notre leçon.	*Venio recitare noſter lectio,* f.
Vous reviendrez ſouper.	*Redire cœnare.*
Nous ſommes venus contempler votre ouvrage.	*Venire contemplari tuus opus, eris,* n.

Tous s'en vont coucher.	*Omnis abire , eo, is, ivi, itum, cubare , o, as, cubui, cubitum , n.*
Il est allé appeler son frère.	*Ire vocare suus frater.*
Les soldats viendront ravager les campagnes.	*Miles, itis, venire depopulari, or, aris, atus sum, ager , gri.*
Le Général viendra passer en revue son armée.	*Dux , cis , ou, Imperator, oris, m. venire recensere , eo, es, sui, situm , suus exercitus , ûs , m.*
Il seroit venu dresser des embuches à mon frère.	*Venire struere , o, is , xi, ctum, insidiæ, arum, f. pl. meus frater, tris, m.*
Les ennemis vinrent assiéger la ville.	*Hostis , is , m. venire obsidére , eo , es, sedi, sessum, Urbs, bis , f.*
Le Maître viendra châtier les enfans désobéissans.	*Præceptor , oris, m. venire castigare puer inobsequens, g. tis , adj.*
Ils sont revenus puiser de l'eau dans la fontaine.	*Redire haurire , io , is , hausi, haustum, aqua ex fons , tis , m.*
Mon Fils est allé acheter des plumes.	*Meus Filius ire emere , o, is , emi, emptum, penna , æ , f. ou calamus , i , m.*

REGLE XIII.

D. Comment exprime-t-on la particule, *que*, quand elle eſt après un Verbe ?

R. *Que*, après un Verbe, s'exprime par la conjonction *quòd*, comme :

Je ſais que tu viendras.	*Scio quòd tu venies.*
Nous voyons que tu es ſavant.	*Videmus quòd es doctus.*

Mais lorſqu'on veut parler plus élégamment, on retranche le *quòd*, on met le Nom ou le Pronom ſuivant à l'Accuſatif, & le Verbe à l'Infinitif, au même tems qu'il eſt à l'Indicatif, comme :

Nous voyons que tu es ſavant.	*Videmus te eſſe doctum.*
Je ſuis bien aiſe que ton Père ſe porte bien.	*Gaudeo tuum Patrem bené valére.*
Je dis qu'il eſt venu.	*Dico illum veniſſe.*
Nous ſavons qu'il arrivera.	*Scimus illum adventurum eſſe.*

Exemples pour l'application de la treizième Règle.

Nous voyons que toutes choſes changent.	*Vidére quòd omnis res mutari, or, aris, mutatus ſum, Paſſ.*

Personne n'ignore que tout homme est pécheur.	*Nemo, inis, m. ignorare quòd omnis homo esse peccator, oris, m.*
Tous les Chrétiens croient que Jésus-Christ est le Fils de Dieu.	*Omnis Christianus credere, o, is, didi, ditum, quòd Jesus - Christus esse Filius Deus.*
L'Ecriture Sainte nous enseigne que Dieu gouverne toutes choses.	*Scriptura Sacer, cra, crum, ego docere quòd Deus regere, o, is, xi, ctum, omnis res.*
J'ai ouï dire que ton Père est revenu.	*Audire quòd tuus Pater redire, deo, dis, dii, ditum, n.*
Il est évident que ce moyen est injuste.	*Liquêre quòd ille ratio, f. esse injustus, a, um.*
Je reconnois que j'ai commis une grande faute.	*Agnoscere, sco, scis, novi, nitum, Act. quòd ego committere, o, is, misi, missum, Act. grvis, e, peccatum, n.*
Il a osé assurer qu'il n'y a point de Providence.	*Audére, eo, ausus sum, affirmare quòd non esse Providentia.*
Je prévois que la chose ne réussira pas.	*Præcognoscere quòd res non prosperè succedere, o, is, cessi, cessum.*
Il m'a promis qu'il favorisera tes études.	*Ego pollicéri quòd favêre, eo, favi, fautum, dat. tuus studium, ii, n.*

REGLE XIV.

D. Quand la particule , *que* , eſt après un Comparatif, comment l'exprime-t-on ?

R. On l'exprime par la Conjonction , *quàm.*

Exemples.

Ton Fils eſt plus heureux que le mien.	*Tuus filius eſt felicior quàm meus.*
Mon pré eſt plus grand que le tien.	*Meum pratum eſt majus quàm tuum.*
Je connois des gens qui ſont plus ſages que nous.	*Cognoſco homines qui ſunt ſapientiores quàm nos.*
Ton frère vit mieux que toi.	*Tuus frater vivit meliùs quàm tu.*
Ma maiſon eſt moins grande que la maiſon de mon voiſin.	*Mea domus eſt minùs magna quàm domus mei vicini.*

Pour parler plus élégamment , on peut quelquefois retrancher la Conj. *quàm* , & mettre le nom ſuivant à l'Ablatif , comme :

La Vertu eſt plus précieuſe que l'or.	*Virtus eſt pretioſior auro.*
Il n'y a rien de plus ſûr qu'un bon conſeil.	*Nihil eſt tutius recto conſilio.*
La ſageſſe eſt plus déſirable que la Science.	*Sapientia eſt optabilior doctrinâ.*

*Exemples pour l'application de la quator-
zième Règle.*

Il n'y a rien de plus affreux que la Guerre.	*Nihil*, neut. indéc. *esse magis horrendus*, *a*, *um*, *quàm bellum*, *i*, n.
Ce Marchand est incomparablement plus riche que moi.	*Ille Mercator*, *oris*, m. *esse longè ditior*, *& ditius quàm ego.*
J'ai des livres plus proprement reliés que les tiens.	*Habere liber*, m. *elegantiùs compactus quàm tuus.*
La Religion Chrétienne est plus excellente que les autres.	*Religio Christianus esse præstantior*, *& tius*, *quàm alius*, *a*, *ud.*
Mon frère a été plus heureux qu'il n'espéroit.	*Meus frater esse felicior*, *& cius*, *quàm sperare.*
La connoissance de la Religion est plus nécessaire que toute autre Science.	*Cognitio Religio esse magis necessarius quàm omnis alius Scientia.*
Il vaut mieux obéir à Dieu qu'aux hommes.	*Præstare*, *præstitit*, *obedire Deus quàm homo.*
Il n'y a rien de plus désirable que la Paix.	*Nihil esse optabilior*, *& lius*, *quàm Pax*, *cis*, f.
Il entend cela beaucoup mieux que nous.	*Intelligere ille multò meliùs quàm ego.*
Cet ouvrage est plus utile que le mien.	*Ille opus*, *eris*, n. *esse utilior*, *& lius*, *quàm meus.*

REGLE XV.

D. La particule *que*, s'exprime-t-elle toujours de la manière que vous venez de le dire ?

R. Non ; très-souvent elle eſt un Pronom : & on le connoît, lorſqu'on peut la tourner par un de ces mots, *lequel*, *laquelle*, *leſquels*, *leſquelles*. Il faut alors mettre ce pronom, au même genre & au même nombre, du nom Subſtantif auquel il ſe rapporte, & au cas que régit le Verbe ſuivant.

Exemples.

Le livre que tu as oublié.	*Liber cujus oblitus es.*
La perſonne que je fa-vorise.	*Homo cui faveo.*
La maiſon que je vois.	*Domus quam video.*
Dieu que nous ſervons.	*Deus quem colimus.*
Les fautes que nous avons commiſes.	*Peccata quæ commiſimus.*
Le nom que je porte.	*Nomen quod fero.*
Les hommes que nous aimons.	*Homines quos amamus.*
Les femmes que nous admirons.	*Mulieres quas admira-mur.*
La leçon que j'apprends.	*Lectio quam memoriæ mando.*

Le mot *dont*, peut auſſi ſe tourner par, *duquel*, *de laquelle*, *deſquels*, *deſquelles* : & il ſe met ordi-nairement au cas que régit le dernier mot de la phraſe, comme :

La

La Vertu dont j'admire la beauté.	*Virtus cujus admiror pulchritudinem.*
Le livre dont je me fers.	*Liber quo utor.*
Les devoirs dont nous nous acquittons.	*Officia quibus fungimur.*
Les liens dont l'Auteur de la Nature s'eft fervi.	*Vincula quibus auctor Naturæ ufus eft.*

Exemples pour l'application de la quinzième Règle.

Les divers moyens dont Dieu s'eft fervi.	*Varius ratio*, f. qui, quæ, quod, *Deus uti, or, eris, ufus fum.* Dép. Abl.
Toutes les chofes dont les hommes ont befoin.	*Omnis res qui homo egére,* gén. ou ablat.
Les jugemens que Dieu exerce.	*Judicium, ii,* n. qui *Deus exercêre, eo, es, cui, citum.* Act. acc.
Les graces que la Divinité répand.	*Gratia,* f. qui *Deus,* ou *Numen,* n. *Divinus, effundere, do, dis, fudi, fufum.* acc.
Les promeffes qu'il a faites aux gens de bien.	*Promiffum, i,* n. qui *facere bonus.*
Les lois que Dieu a données aux hommes.	*Lex,* f. qui *Deus dare, dedi, datum,* homo.
Les avantages dont nous fommes participans.	*Utilitas,* f. qui *effe particeps,* g. *cipis.* adj. gén.

D

La leçon dont je me souviendrai.	*Lectio qui meminisse, memini*, gén.
La bonté dont ils ont abusé.	*Bonitas, tis,* f. *qui abuti, or, eris, abusus sum,* abl.
Les hommes que je vois.	*Homo qui vidêre, eo, vidi, visum,* acc.
Les maux que je redoute.	*Malum,* n. *qui formidare,* acc.
Ce discours dont j'ignore l'effet.	*Ille sermo, onis,* m. *qui ignorare effectus, ûs,* m.
L'Ami fidèle dont je connois la vertu.	*Amicus fidelis qui cognoscere virtus, tutis.*
La Religion que nous avons embrassée.	*Religio, onis,* f. *qui amplecti, xus sum,* acc.
Les fautes que nous avions commises.	*Peccatum,* n. *qui committere, to, tis, misi, missum,* acc.
Le Maître de qui nous dépendons.	*Dominus à,* prép. *qui pendêre, eo, es, pependi.*
Les mauvais desseins que vous avez favorisés.	*Pravus Consilium,* n. *qui favêre, eo, es, favi, fautum,* n. dat.
Le Prince que nous avons supplié.	*Princeps qui supplicare,* n. dat.
Les avantages dont tous les hommes jouissent.	*Commodum qui omnis homo frui, or, eris, fructus sum.* Dép. abl.
Toutes ces précautions que la Prudence recommande.	*Omnis ille cautio, onis,* f. *qui Prudentia præscribere, psi, ptum.* acc.

La personne dont je connois le caractère, ou, le naturel.	*Homo qui cognoscere indoles, is, f.*
Le Mensonge est un vice que nous devons tous détester.	*Mendacium, cii, n. esse vitium qui debêre omnis detestari, acc.*
Les maux que nous redoutons.	*Malum qui reformidare, acc.*
Les fruits dont nous nous nourrissons.	*Fructus qui vesci, scor, sceris, abl.*
Le péché que tu as commis.	*Peccatum qui committere.*
Les Ouvrages de la Création que nous admirons.	*Opus, gén. eris, n. Creatio, onis, f. qui admirari, or, aris, atus sum. Dép. acc.*
Les effets que cette Cause a produits.	*Effectus, ûs, m. qui ille Causa, f. procreare.*
Les services dont je me souviens.	*Beneficium qui meminisse, gén.*
Les belles qualités dont il est orné.	*Egregius, ou, eximius dos, tis, f. qui esse ornatus, a, um, abl.*
La Justice que l'Evangile recommande.	*Justitia qui Evangelium præscribere, acc.*

REGLE XVI.

D. La particule *que*, ne s'exprime-t-elle pas aussi quelquefois par la Conjonction *Ut* ?

R. Oui, & alors la Conjonction *ut* régit le

Subjonctif. Cela arrive principalement dans ces deux cas : 1°. *que* s'exprime par *ut*, après les Verbes, *velle*, vouloir : *facere*, faire : *oportet*, il faut: *necesse est*, il est nécessaire : *cupere*, souhaiter : *accidit*, il arrive : *exigere*, exiger : *precari*, ou *orare*, prier.

Exemples.

Je veux que tu reviennes bientôt.	*Volo ut redeas citò.*
L'Etude fait que l'esprit se cultive.	*Studium facit*, ou, *efficit ut ingenium excolatur.*
Il faut que tu étudies.	*Oportet ut studeas.*
Il est nécessaire qu'il parte.	*Necesse est ut proficiscatur.*
Je souhaite qu'il devienne savant.	*Cupio ut evadat doctus.*
Il est arrivé que personne n'a été reçu.	*Accidit ut nemo receptus fuerit.*
Je prie Dieu qu'il me donne un esprit sain dans un corps sain.	*Precor*, ou, *oro Deum ut mihi det mentem sanam in corpore sano.*

Le second cas où *que* s'exprime par *ut*, c'est lors qu'il est après un Nom adjectif, ou après un Adverbe précédé de la Conjonction *si*, ou après un Verbe joint à une de ces Conjonctions, *si fort*, ou *tellement*. Et dans ce cas, ces Conjonctions s'expriment par *adeò*, ou *ita*, ou *tam*.

Exemples.

Mon fils est si paresseux qu'il ne fait point de progrès.	*Meus filius est adeò piger, ut nullos faciat progressus.*
Il est si sévère qu'il n'épargne personne.	*Ita severus est ut nemini parcat.*
Tu étois si fort en colère, que personne n'osoit te parler.	*Eras tam iratus ut nemo auderet te alloqui.*

Exemples pour l'application de la seizième Règle.

Je voudrois que tous les hommes fussent heureux.	*Velle ut omnis homo esse felix.*
Il a été nécessaire que je le punisse.	*Necesse, ou necessarius esse ut is punire.*
Il est tellement appliqué à l'étude, qu'il est devenu plus savant que les autres.	*Ita, ou, adeò incumbere studium, ut fieri doctior quàm alius.*
Mon Père & ma Mère souhaitent que je remporte le prix.	*Meus Pater & meus Mater cupere ut referre præmium.*
Il faut qu'il s'exerce beaucoup.	*Oportet ut sui, acc. se, exercêre multùm.*
Il arrive souvent que les méchans semblent heureux.	*Accidit sæpè ut improbus vidêri felix.*

De-là il arrive que plusieurs se plaignent.	*Inde fit, ou, evenit ut multi queri, or, eris, quesitus sum.*
Il faut faire ensorte que les autres soient contens de nous.	*Oportet facere ita ut alius esse contentus ego, abl.*
Il est si brutal que tous le fuient.	*Esse adeò ferus ut omnis is fugere, gio, gis, fugi, fugitum.*
Il se conduit de telle sorte que tout le monde le loue.	*Sui gerere ita ut omnis is laudare.*
J'exige que tu rendes l'argent que tu as pris.	*Exigere ut restituere pecunia, f. qui subripere, pio, pis, subripui, reptum, acc.*
Cet homme est si livré à ses passions, qu'il néglige tous ses devoirs.	*Ille vir esse adeò deditus suus cupiditas, ut negligere, xi, ctum, omnis suus officium.*
L'Amitié est quelque chose de si doux, que son nom seul est capable de nous attirer.	*Amicitia esse aliquid tam dulcis, ut ejus nomen solus posse ego allicere.*
Cette faute est si grande, que je ne saurois la pardonner.	*Ille culpa esse tantus, ut non possum is condonare.*
Il est si petit, que je ne peux pas le voir.	*Esse adeò parvus ut non possum is videre.*
J'aime mieux supporter ce tort, que de demander qu'il soit battu.	*Malle pati, ior, eris, passus sum, ille injuria, quàm postulare ut vapulare.*

Il est besoin que le Maî-tre le sache.	*Opus esse ut Præceptor id scire.*
Fais ensorte de t'en sou-venir, ou, que tu t'en souviennes.	*Facere ut meminisse.*
Il faut prier Dieu, qu'il nous rende saints par son Esprit.	*Oportet precari Deus , ut ego facere sanctus suus Spiritus, ûs, m.*
Tiens ce livre, à condi-tion que tu le rendes.	*Accipere ille liber, is lex, abl. ut is restituere, tuo, tuis, tui, tutum.*
Ayes soin que la chose réussisse.	*Curare ut res feliciter suc-cedere.*
Il est si poli qu'il plaît à tout le monde.	*Esse adeò comis ut arri-dére, eo, es, risi, ri-sum, omnis.*
Je prie Dieu, qu'il m'ap-prenne à obéir à sa volonté.	*Precor, ou, oro Deus ut ego docére parêre, eo, es, parui, suus volun-tas, tis, f.*
Il a répondu si imperti-nemment, si mal à propos, qu'il a mérité d'être censuré.	*Respondêre adeò ineptè , ut merêri, eor, eris, ritus sum , Dép. objurgari, ou, redargui, Pass.*

D. Qu'appelle-t-on, *Faire les parties d'une Phrase,* ou *d'un Thême ?*

R. C'est chercher ce qu'est chaque mot de la Phrase, & le marquer en abrégé sur chaque mot. Pour cet effet, il faut chercher d'abord les trois principaux mots, qui font, le Verbe, le Nominatif du Verbe, & fon Cas ou fon Régime.

Exemples.

La Sageffe de Dieu conferve toutes les Créatures dans un Ordre merveilleux.

Je dirois : *Conferve* eft le Verbe, & un Verbe actif. *La Sageffe* eft le Nominatif du Verbe. *Toutes les Créatures*, eft le Cas du Verbe, & un Accufatif, par la règle fixième. *De Dieu*, eft au Génitif, par la Règle quatrième.

Dans eft une prépofition qui s'exprime par *in*.

Un Ordre merveilleux, eft à l'Ablatif, par la règle des prépofitions *in*, *fub*, *fuper*, & *fubter*, après les verbes de repos. (voyez Demande 39.)

On peut marquer tout cela fur chaque mot, en y mettant les deux ou trois premières lettres de la Partie : ainfi *v. a.* fignifie *Verbe Actif.* N. fignifie *Nominatif. Conj.* fignifie *Conjonction. Prép.* fignifie *Prépofition* &c.   De cette manière :

       n.   g.   v. a.   adj.   acc.

La Sageffe de Dieu conferve toutes les Créatures
prép.   abl.   adj.
dans un Ordre merveilleux.

F I N.